한국 희곡 명작선 104

연선

한국 희곡 명작선 104

연선

김태현

평민사

심괴현

연선

등장인물

연선
진희

무대

버스 정류장

진희, 큰 여행용 트렁크를 끌고 나온다.

연선, 큰 여행용 트렁크를 끌고 나온다.

연선, 진희를 보고 그 자리에 멈춰 선다.

진희, 연선과 같은 옷, 같은 머리 스타일, 같은 구두를 신고 있다.

연선, 진희에게서 최대한 멀리 떨어진 곳에 서 있다.

진희, 주위를 둘러본다.

진희, 연선을 본다.

진희, 연선에게 다가간다.

진희   버스 기다려?

연선   네?

연선, 주위를 둘러본다.

저요?

진희   여기 사람 더 있어?

연선   아, 네. 버스 기다려요.

진희   어디 가려고?

연선   네?

진희   평일에, 이 밤에, 트렁크까지 들고 어디 가는지 궁금해서
그렇지.

연선   아, 네. 여행가요.

진희   201번 버스 타려고?

연선	네.
진희	나도 201번 버스 타거든.
연선	네.
진희	이연선 맞지?
연선	네?

사이.

	저요? 저를 아세요?
진희	그럼, 알지.
연선	저를 안다고요?
진희	잘 알지.
연선	저랑 학교에서 만난 사이인가요?
진희	학교?
연선	초등학교에서 본 적이 있나요?
진희	음, 땡! 아니야.
연선	중학교 때 같은 반이었나요?
진희	땡!
연선	그럼 고등학교?
진희	땡!
연선	대학교?
진희	땡!
연선	저를 언제 보셨죠?

진희　요 앞 빵집에서 알바하고 있지? 알바 끝나고 밤에는 걸어서 10분 정도 거리에 있는 헬스장에서 운동하고. 주말에는 도서관에 가서 소설책 읽는 걸 좋아하고 밥은 혼자 먹고.

연선　네. 맞아요.

진희　오다가다 봤어.

연선　언젠가 본 적 있다 싶었어요.

진희　어디 가는 거야?

연선　음, 저기.

진희　저기? 저기 어디?

연선　좀 멀어요.

진희　나는 일본 가려고. 일본 큐슈. 거기 가봤어?

연선　일본이요?

진희　왜? 너도 가는 곳이야? 어머 웬일이야. 이리 앉아봐, 이야기나 좀 더 하자.

연선　버스 기다려야하는데.

진희　201번 버스 배차 간격이 한 40분 정도 되더라고. 아까 놓쳐서 못 탔지? 나도 집에서 나오는데 저 멀리 뛰어가더라고. 뛰지 말지, 어차피 버스 놓쳤는데, 라고 말하려다가 나도 점점 급해져서 같이 뛰었지 뭐야. 달리기 잘 못 하던데? 100m에 몇 초 정도야? 하도 느려서 친구들이 별명으로 달팽이라고 지어주지 않았어?

진희, 크게 웃는다.

연선, 진희에게서 좀 더 멀리 떨어진다.

연선　혹시 그전에 저를 만난 적이 있나요?

진희　왜?

연선　여기 이사 오기 전부터, 언젠가 마주친 적이 있는 거 같아서요. 기억은 잘 안 나는데, 분명 만난 적이 있는 거 같아요.

진희　중앙동 살았지?

연선　중앙동 고시원에서 살았어요.

진희　나도 중앙동 고시원 근처에서 살았어.

연선　강아지 키우시지 않으세요?

진희　그때는 꽃집에서 아르바이트 했지?

연선　목줄을 안 묶고 산책하신 걸 본 적 있어요, 맞죠?

진희　내가 꽃을 좋아해서 꽃구경 하러 자주 갔었지.

연선　갈색 리트리버 맞죠? 한쪽 발 저는.

진희　갑자기 이사한 거 같아서 서운했거든.

연선　6살쯤 되는 갈색 리트리버 키우셨던 거 같은데.

진희　왜 갑자기 이사 간 거야?

연선　스토커 때문에요.

진희　하도 짖어대서.

사이.

풀어줬어.

사이.

지금쯤 죽었겠네.

연선 버스가 늦네.

진희 지기 원룸촌에서 자취하지? 우리 이웃이야, 나는 302호 살아.

연선 원룸촌이요?

진희 303호에 살지?

연선 우연이죠?

진희 그나저나 괜찮아?

연선 뭐가요?

진희 일주일 전에 그렇게 남자친구랑 싸우고 홧김에 일본 여행 가도 괜찮냐는 말이지, 나는.

연선 뭐, 바람 쐬러.

진희 나는 걱정 돼서, 딱 보니까 혼자서 자취하고 친구도 없고. 일본 가서 이상한 일 당하면 너무 속상하잖아.

연선 친구는 없는 걸 어떻게 아세요?

진희 1년 동안 자취하는데 놀러오는 친구 한 명 없었잖아?

연선 아, 네.

진희 담배도 좀 그만 피우고, 몸 상한다니까?

연선 냄새가 거기까지 나요?

진희 　그래, 그런데. 괜찮아.

연선 　냄새가 안 나나요?

진희 　나도 담배 피우기 시작했거든.

연선 　아.

진희 　말 나온 김에.

진희, 주머니에서 담배 한 개비를 꺼낸다.

진희, 연선에게 건넨다.

한 대 펴.

연선 　버스 정류장에서 피면 안 되는데.

진희 　괜찮아, 저번에도 폈잖아?

연선 　저번이요?

진희 　일주일 전에 비오는 날, 손을 덜덜 떨면서 담배를 피우고 있더라.

연선 　네, 네.

진희 　경찰이랑 같이 있던데?

연선 　요즘 좀 많이 피곤해서요.

진희 　스토커는 잡았어?

연선 　아직.

진희 　세상 참 무섭지? 속옷 도둑 스토커라니, 생각만 해도 소름이 끼쳐. 당장에 잡아야지 경찰들은 뭐하고 있대?

연선 　어떻게 아셨어요?

진희   응?

연선   저는 남자친구한테도 스토커가 속옷을 훔쳤다고 말한 적
        이 없는데?

        사이.

진희   방금 스토커 때문에 이곳으로 이사 왔다고 하지 않았어?

연선   하지만 속옷이라는 말은 하지 않았어요.

진희   경찰이, 경찰이 탐문조사를 하더라고.

연선   아, 네.

진희   속옷 없어지지 않았냐고 하더라고.

연선   그래서요?

진희   그래서 내가 무슨 말이냐고 물었어.

연선   그랬더니?

진희   그랬더니, 이 근처에서 무슨 일이 일어났다고, 협조 좀 부
        탁한다고

연선   그래서?

진희   그래서, 내가 스토커가 속옷을 훔쳤냐고 물었더니, 경찰이
        여기가 cctv도 없고, 자취생들이 많다고, 조심하라고 하더
        라고.

연선   그래서?

진희   그래서 나는, 내가.

연선   내가?

진희 요 며칠 전부터 모자 쓰고 키 큰 남자가 돌아다니고 있
다고.

연선 남자?

사이.

경찰들은 여자일 거라고 하던데요?

사이.

보셨어요?

진희 언뜻 뒷모습을 봤어. 지난 주 수요일에 담배 피고 있는데
남자가 뭔가를 잔뜩 들고 수상하게 걸어가더라고.

연선 무슨 옷을 입었죠?

진희 후드인 거 같았어.

연선 남자인 건 어떻게 알았죠?

진희 키가 컸던 거 같아.

연선 키는 어느 정도였어요?

진희 한 180?

연선 머리는 길었어요?

진희 짧았던 거 같아.

연선 걸음걸이는 어땠어요?

진희 조금 절뚝거렸던 거 같기도 하고.

연선	젊었어요?
진희	너무 늦진 않았던 거 같아.
연선	여길 잘 아는 것 같았어요?
진희	두리번거리지는 않았던 거 같았어.
연선	본 거 맞아요?
진희	버스를 타러갔어.
연선	버스요?
진희	201번.
연선	경찰한테는 말했어요?
진희	그 다음에는 안 오던데?
연선	스토커라고 어떻게 알았어요?
진희	딱 봐도 수상해서.
연선	구두였나요, 운동화였나요?
진희	구두였던 거 같아.
연선	낮이었나요, 밤이었나요?
진희	밤이었나.
연선	밤 몇 시요?
진희	낮이었던 거 같기도.
연선	낮 몇 시요?
진희	네가 헬스장에서 운동하고 있을 때였어.
연선	제가 그 시간에 운동하고 있었다는 걸 어떻게 아셨죠?
진희	매일 그 시간에 운동하러 가니까.

사이.

연선   버스는 대체 언제 오지?

진희   201번 버스 도착하려면 멀었는데?

연선   아, 네.

진희   여기 좀 앉아. 201번 버스 도착하려면 멀었어.

연선   네?

진희   201번 버스 타잖아?

연선   아, 네.

진희, 연선에게 다가간다.

진희   말 편하게 해. 나랑 비슷한 나이인 거 같아서 그냥 반가워
서 그래. 내가 먹을 것 좀 가져왔는데, 먹을래?

연선   괜찮은데.

진희   앉아, 앉아. 괜찮아, 괜찮아.

진희, 연선을 억지로 자리에 앉힌다.

진희, 가방에서 과자를 꺼낸다.

진희, 과자를 연선에게 건넨다.

연선, 고개를 젓는다.

진희   몇 살이야?

연선 30⋯ 30이요.

진희 30! 92년생?

연선 아, 네.

진희 친구네, 친구! 말 편하게 해.

연선 친구요?

진희 그래, 친구!

연선 괜찮아요.

진희 몇 월생이야?

연선 7월이요.

진희 음력? 양력?

연선 그건 잘.

진희 음력인지 양력인지 내가 봐줄까? 민증 줘봐, 내가 보고 딱 확인만 하고 돌려줄게.

연선 그게 왜 필요하죠?

진희 그냥 뭐 할 것도 없고. 서로 알아 가면 좋은 거잖아? 아! 내 민증 먼저 깔까?

진희, 연선을 빤히 쳐다본다.

아이고, 놓고 왔네. 괜찮아, 나도 92년생이야. 말 편하게 해.

연선 아, 네.

진희 반말 하라니까?

연선 아, 응. 응 알았어.

진희 이제야 말 듣네. 내가 성격이 불이라, 조금이라도 뭔가 내 맘대로 안 되면 좀 그래. 이해해줘.

연선 응. 버스가 좀 늦네.

사이.

연선 너는 일본 왜 가는 거야?

진희 나?

연선 여행이야?

진희, 멍하니 자신의 여행용 캐리어를 본다.

진희 여행? 응, 여행이야. 뭘 찾으러 가고 있어.

진희, 연선을 바라본다.

연선 뭘 찾으러 가는데?

진희 나를 찾는다고 해야 하나. 내가 되고 싶은 걸 찾는다고 해야 하나.

연선 평일에? 이 밤에? 트렁크까지 끌고?

진희 지금이 아니면 안 돼서.

사이.

아마 너랑 같은 방향일 수도 있겠다.

사이.

종착지는 다를 수도 있지만.

연선   가족은 허락했어?

진희   어?

연선   일본 여행 가는 거.

진희   여행 가는 거? 아마 모를 거야. 그나저나 너는.

연선   그나저나 너는 나한테 관심이 많은 거 같아.

진희   왜 그렇게 생각해?

연선   계속 나한테 묻잖아, 이것저것.

진희   그냥, 그냥 뭐, 친해지자는 거지.

연선   친해지자.

사이.

진희   그나저나 너는.

연선   당신은 나한테서 뭘 원해?

진희   뭘 원한다니?

연선   당신도 무슨 목적이 있을 거 아냐. 그래서 이렇게 친한 척
하는 거고.

진희   나는 그냥 너에 대해서 알고 싶은 거야.

연선	오지 마! 거기 똑바로 서. 왜 자꾸 얼쩡거리는 거야.
진희	왜 자꾸 얼쩡거리는 거야.
연선	너 내가 우습지.
진희	너 내가 우습지.
연선	너 내가 만만해?
진희	너 내가 만만해?
연선	나 너 알아. 나 너 얼굴 안다고.
진희	나 너 알아. 나 너 얼굴 안다고.
연선	너, 혹시 내가 되고 싶은 거니?
진희	그냥 친구가 되고 싶은 거야.

사이.

연선	버스?
진희	아니야.
연선	버스는 언제 오지?
진희	기다리자.

사이.

진희	가족은?
연선	없어.
진희	부모님은?

연선	둘 다 돌아가셨어.
진희	저런. 언제 돌아가셨어?
연선	그건 왜?
진희	슬퍼서, 나도 위로해드리고 싶어서.
연선	중1이었나, 중2였나, 그때 돌아가셨던 거 같아.
진희	두 분 다?
연선	교통사고였어.
진희	평소에 잘해줬어?
연선	사달라는 거 다 사주고, 친절한 분이었어.
진희	힘들었겠다. 그럼 이 세상에 널 아는 사람은 더 없는 거네?
연선	뭐?
진희	아, 아니구나? 외가쪽 할머니 할아버지 친가쪽 할머니 할아버지 사촌들 동생들 다 널 알겠구나.
연선	그게 왜 궁금한 거야?
진희	혼자서 그 슬픔 다 감당하느라 힘들었겠다, 싶어서. 내가 친구니까 이제 같이 슬퍼해주면 되니까.
연선	부모님 돌아가시고, 몇 년 간 만나본 적 없어서, 외롭긴 했어.
진희	이제 내가 있으니까 걱정 마.
연선	응.
진희	평소 호칭은 어떻게 불렀어?
연선	선아. 이랬지.

진희	선아.
연선	응?
진희	선아, 라고 부르면 응? 이라고 말했구나? 응?

연선, 자기가 한 말을 반복해서 따라하는 진희를 이상한 눈으로
본다.
연선, 자리에서 일어난다.

연선	버스, 버스는 언제 오지?
진희	이제 곧 올 거야.
연선	그래?
진희	지금 이렇게 보니까 나랑 비슷하게 생겼다. 눈도 코도 입술도. 한번 웃어볼래? 보조개 있니?
연선	갈래.
진희	뭐?
연선	간다고.

연선, 트렁크 가방을 손에 쥔다.
진희, 연선의 팔을 세게 잡는다.

연선	뭐하는 거야?
진희	위험해, 고속도로야.
연선	가다가 지하철역 있으면 지하철 타고 가도 되니까.

진희	이제 곧 올걸? 후회하지 않을까?
연선	비행기 시간이 촉박할 거 같아서.
진희	너도 아직 4시간 넘게 남았어.
연선	'너도' 라니?
진희	우리 같은 비행기 타.
연선	어떻게 알아?
진희	지금 시간 공항에서 큐슈 가는 비행기가 진에어랑 대한항공이 있는데 급하게 가는 여행이라 20만 원 선에서 결제를 했겠지. 60만 원 이상 되는 좌석을 결제하기에는 쉽지 않으니까. 그리고 카드 결제는 자동으로 해놔, 미납요금 확인서가 자꾸 쌓이잖아. 난 또 내 건 줄 알고 열어봤다가 놀랐잖아? 근데, 술을 왜 그렇게 마시는 거야? 속이 다 망가지겠다.

연선, 짐을 챙겨서 내려가려고 한다.

진희, 연선의 짐을 한 손으로 꽉 쥔다.

진희	위험해, 다친다니까? 친구니까 해주는 말이야.
연선	좀 놔!
진희	이야기하다 보면 버스 온다고!
연선	비행기 놓칠 수도 있잖아!
진희	비행기를 꼭 타야해?
연선	아무도 날 알지 않은 곳에 가고 싶어, 그리고 거기서 자유

롭고 싶어.

진희 여기서도 충분히 자유로워질 수 있어, 도와줄게?

연선, 진희를 빤히 쳐다본다.

차 소리 들린다.

진희, 천천히 주위를 둘러본다.

연선 버스?

진희 아니야.

차 소리가 사라진다.

진희 자리에 앉자. 다리 아프잖아?

연선 너는 왜 지금 버스를 타려는 거야?

진희 지금이 아니면 비행기 놓치니까.

연선 아까 뭘 찾으러 간다고 했지?

진희 진짜 나.

연선 진짜 나?

진희 원래 내 건데 지금 누가 쓰고 있거든.

연선 왜 찾으러 가는데?

진희 듣고 싶어?

연선 지금까지는 내가 말하기만 했잖아, 말해줘.

진희 내 삶은 반복이었어. 일어나서 돈 벌고 빚 갚고. 말 안 했지? 부모라는 사람들이 엄청나게 빚을 지고 어디론가 가버렸어. 그 빚을 내가 갚아야해. 계속해서 빚만 갚으면서 사는 삶, 생각이나 할 수 있어? 지긋지긋해. 지겨워. 내 삶은 아무런 일도 없어. 어제랑 오늘이랑 내일이 같아. 돈을 아무리 벌어도 내가 쓸 수 있는 건 아주, 아주 적어, 다 빚 갚는데 써야하거든. 차라리 감옥이라면 출소 날짜라도 있지, 여긴 출소도 못해, 죽으면 좀 편해지려나? 일을 주구장창 하다보니까 벌써 30살이야. 아무것도 변한 건 없어, 앞으로도 나는 봄여름가을겨울 주구장창 일을 하다가, 빚만 갚다가, 나이 들고 늙고 죽겠지.

진희, 주위를 둘러본다.

지옥이야.

연선   너도 아는구나. 맞아. 여긴, 지옥이야.

진희   다시 태어나고 싶어.

연선   다시 태어날 수 있을까?

진희   나는 다시 태어날 수 있어. 방법을 찾았거든.

진희, 연선을 빤히 쳐다본다.

좀 춥네, 옷 좀 줄 수 있어?

연선   옷? 땀나는 거 같은데?

진희　식은땀이야, 감기거든.

연선　다 여름옷들이라서. 입어봤자 별 도움 안 될 거야.

진희　겹쳐서 입으면 돼. 일단 한번 보자. 너무 추워서.

연선　잠깐만 내가 꺼낼게.

연선, 트렁크를 열어서 옷들을 꺼낸다.

진희, 연선이 꺼낸 옷을 자기 몸에 대본다.

진희　어머, 이 옷 너무 이쁘다. 어머, 이것도 이쁜데?

진희, 연선의 트렁크에서 옷들을 마구잡이로 꺼낸다.

연선, 옷들을 정리하면서 트렁크에 넣는다.

진희, 연선을 빤히 쳐다본다.

진희, 가위를 주머니에서 꺼낸다.

진희　머리카락을? 저렇게? 앞에서? 뒤로?

진희, 연선을 빤히 쳐다보면서 가위로 머리카락을 자른다.

진희의 머리카락이 연선의 옷에 묻는다.

연선　지금 뭐 하는 거야, 더러워지잖아!

연선, 머리카락들을 쓸어 담는다.

진희 그냥, 시간도 남아돌고 하니까. 근데 반 곱슬은 아니지?

연선 반 곱슬은 아닌데.

진희 앞머리는 내린 거야?

연선 고대기로 말았어.

진희 염색은 아니지?

연선 한 적 없어.

진희, 연선의 머리카락을 만진다.

진희 샴푸는 뭐 써?

연선 샴푸?

연선, 진희를 쳐다본다.

진희 냄새 좋다.

연선, 진희를 피해 왼쪽으로 퇴장한다.

진희, 머리카락을 다듬는다.

진희, 연선이 나간 쪽을 본다.

진희, 연선의 트렁크를 본격적으로 뒤지기 시작한다.

진희, 연선 트렁크에 넣어져 있던 여권과 통장을 자신의 주머니에 넣는다.

연선, 두 팔로 자신을 감싸고 다시 무대로 돌아온다.

연선, 뒤를 계속 본다.

연선   차들이 너무 빨리 다녀.

진희   내가 말했지, 고속도로라니까.

연선   버스가 올까?

진희   널 도와준다니까? 앉아. 이거라도 먹으면서 같이 버스나 기다리자. 어차피 버스 타야하잖아? 같이 도란도란 계란 이나 까먹으면서 이야기 하자. 아까 어디까지 말했지? 맞 다, 가족 이야기까지 했지? 학교는 어디 다녔어?

연선   나한테 뭘 원하는 거야.

진희   질문에 답하는 거.

연선, 진희를 쳐다본다.

친구잖아, 친구. 친구 좋다는 게 뭐야? 같이 음식도 나눠 먹고 같이 옷도 맞춰 입고, 서로 이름도 부르고, 어 근데 선아! 나랑 키가 비슷하네? 키가 몇이야?

연선   키?

진희   응, 키.

연선   한번 같이 서서 재볼까? 뒤로 돌아볼래?

진희   그래!

연선, 진희한테 다가간다.

진희, 연선 앞에서 뒤돈다.

연선, 두 팔로 진희의 목을 조른다.

연선 너 뭐야.

진희 너를 궁금해 하는 사람.

연선 날 왜 그렇게 알고 싶어 하는 데?

진희 시간도 많고, 할 것도 없잖아? 이야기나 하사는 거지.

연선 아니잖아! 왜 나를 따라하는데?

진희 친구니까. 친구는 좋은 거 공유하고 그러는 거 아냐? 그리
         고 친구야, 숨 좀 막히네? 이것 좀 풀어줄래? 친구끼리 목
         조르고 그러는 거 안 좋잖아?

연선 너지?

진희 뭐가?

연선 스토커.

사이.

진희 넌 어렸을 때 친구들끼리 고민상담도 하고 친구들끼리 놀
         러 가기도 하고 했겠지. 그치?

연선 이젠, 내가 묻는 말에 답해. 옥수동에서부터 나를 스토킹
         했지?

진희 학교에서 풋풋한 연애도 했을 거고 운명적인 사랑도 만났

겠지. 돈도 벌어서 이런 멋진 옷들도 더 많이 샀을 거고 나
는 먹어보지도 못했을 맛있는 음식들도 먹었겠지. 텔레비
전에서 봤어, 그런 삶들, 내가 겪지 못한 인생들. 너는 언
젠가 그런 인생들을 선택해서 살아가겠지. 하지만 나는
그러질 못해. 나는 내가 쓴 적도 없는 돈을 갚으려고 일을
해야 하거든.

진희, 연선을 빤히 쳐다본다.

그때 너를 봤어.

연선   네가 봤다던 키 큰 남자는 없지?

진희   너와 친해지고 싶었어.

연선   너였지?

사이.

진희   너에 대해서 알고 싶었어.

연선   왜 하필 나인 거야?

진희   나랑 같아 보였어. 외롭고, 쓸쓸하고, 혼자인 거 같았어, 그
래서 알고 싶었어.

연선   그게 다야?

진희   응. 그게 다야. 너에 대해서 더 말해줄래?

진희, 무릎을 꿇는다.

제발, 부탁이야. 이렇게 빌게. 버스 기다리는 동안만이라
도 널 알고 싶어. 너와 가까워지고 싶어, 친구가 되고 싶
어. 버스 기다리면서 심심하잖아.

연선, 팔을 푼다.
진희, 수첩을 꺼낸나.
연선, 의자에 주저앉는다.
진희, 메모하기 시작한다.

버스가 오기 전에 말이야.

연선　　버스가 오기 전까지.

진희　　응.

연선　　궁금한 게 뭐야?

진희　　학교는 어디 다녔어?

연선　　학교는 여중 여고 여대를 나왔어. 같은 지역에 모여 있는
　　　　곳이었어.

진희　　공부는 잘했어?

연선　　중간은 갔지.

진희　　체육을 잘했어?

연선　　체육도 중간이었어.

진희　　음악은?

연선	중간.
진희	수학은?
연선	중간.
진희	국어는?
연선	중간.
진희	사회는?
연선	글쎄.
진희	과학은?
연선	못 했어.
진희	손재주는 좋은 편?
연선	전혀.
진희	춤은 잘 췄어?
연선	뻣뻣했어.
진희	뜨개질은?
연선	아예 몰라.
진희	학 천 마리 접어봤어?
연선	열 개까진 접어봤어.
진희	남을 살려본 적은?
연선	없을 걸? 기억나지 않아.
진희	남을 죽여본 적은?
연선	그 정도로 알고 지낸 사람은 없어.
진희	빚은?
연선	없는 편.

진희	남자친구는?
연선	너도 알잖아?
진희	관계 말이야.
연선	오래되지는 않았어.
진희	로맨스는 꿈꾸니?
연선	아니.
진희	좋아하는 아이돌은 있었어?
연선	오래 전에, 지금은 살기 바빠서.
진희	충동적인 편이야?
연선	잘 참는 편이야.
진희	친구들하고 관계는?
연선	있는 듯 없는, 조용한 사람이었어.
진희	무서운 거 좋아하니?
연선	아니.
진희	교사들은 널 알아?
연선	모를걸, 하도 눈에 띄지 않아서.
진희	인기가 많았어?
연선	아니.
진희	어떻게 하고 다녔어?
연선	긴 머리에다가 옷도 교복만 입었지.
진희	같이 다니던 친구들은 있었지?
연선	2명 정도?
진희	지금도 연락해?

연선	대학교 와서 모두하고 연락 안 해.
진희	동창회 가봤어?
연선	내 연락처도 모를걸?
진희	싫어하는 음식 세 가지 뭐야?
연선	피망, 연근.
진희	한 가지 더.
연선	쑥.

진희, 고개를 갸웃한다.

진희, 체크를 하다가 연선을 본다.

진희	쑥이라고?
연선	어렸을 때부터 쑥을 싫어했어, 그 맛이랑 냄새가 땅에서 나는, 뭐랄까, 가난한 냄새? 같은 게 싫었거든.
진희	아니잖아, 너, 쑥 좋아하잖아. 쑥떡, 쑥버무리, 쑥국, 쑥 절편!
연선	그건 어렸을 때.

연선, 진희를 쳐다본다.

연선	아주 어렸을 때 좋아했었어, 지금은 싫어해.
진희	좋아하는 음식 세 가지?
연선	샤브샤브, 족발, 치킨.

34

진희   좋아하는 색 세 가지?

연선   분홍, 노랑, 빨강.

진희   싫어하는 색 세 가지?

연선   초록색, 회색, 갈색.

진희   거짓말! 너 왜 자꾸 거짓말 해? 너 갈색 옷도 있고 갈색 구
두도 있고, 지금 봐, 그 머플러도 갈색!

사이.

연선   너무 많아서, 그래서, 내가 너무 많이 가지고 있어서.

사이.

진희   종교?

연선   없어.

진희   알레르기?

연선   강아지 알레르기.

진희   고양이 좋아해?

연선   응.

진희   자주 씻는 편이야?

연선   하루에 한 번씩 샤워해.

진희   사우나는 자주 가?

연선   한 달에 한 번.

진희 책 좋아해?

연선 시집을 조금.

진희 못 먹는 음식 있어?

연선 회.

진희 한식 중식 일식 중에 뭐가 제일 좋아?

연선 한식.

진희 지병은?

연선 저혈압.

진희 약은 먹어?

연선 심하진 않아.

진희 키는?

연선 161에서 162cm.

진희 몸무게는?

연선 51kg.

진희 스트레스는 어떻게 풀어?

연선 걸어.

진희 어딜 주로 걸어?

연선 집 근처 공원.

진희 몇 시간 걸어?

연선 한번 나갔을 때 2시간은 걷는 거 같아.

진희, 열심히 받아쓴다.

진희	좋네, 좋아. 집 주인은 널 알겠지?
연선	계약하고 2년 동안 얼굴 본 적 없어서.
진희	통장은?
연선	통장?
진희	통장 몇 개냐고.
연선	그것까지 말해야해?
진희	친구니까.
연선	하나? 둘?
진희	비밀번호는 뭐야?
연선	내 생일. 근데 이것까지 알고 싶어?
진희	7월 7일?
연선	어떻게 알았어?
진희	비밀번호가 0707이야? 7070이야?
연선	내 생일을 어떻게 알았냐고!
진희	0707?
연선	너 정체가 뭐야.

진희, 메모장을 덮는다.

연선, 자리에서 일어난다.

연선, 초조하게 서성인다.

연선, 시계를 확인한다.

연선	버스가, 올 때가 됐는데?

진희   곧 오겠네. 귀중품은 어디다 보관해?

연선   뭐?

진희   인감도장이나 돈이나 카드나 통장이나 열쇠나 지갑이나 등등.

연선   그게 대체 왜 궁금해?

진희   옛날에도 지금처럼 예뻤어? 그니까, 수술이라든지 뭐 하지 않았지?

연선, 진희를 빤히 쳐다본다.

진희, 연선을 빤히 쳐다본다.

연선   더 궁금한 거 있어?

진희   민증 좀 보여줄래? 어떻게 생겼는지 궁금해서.

연선   민증?

진희   그것만 보여주면 더 이상 널 귀찮게 굴지 않을게.

연선   친구끼리 그런 것도 보여줘야 해?

진희   응.

연선   만약 내가 싫다고 한다면?

진희   어쩔 수 없지.

진희, 주머니에 손을 넣는다.

이제 곧 버스도 올 테고.

진희, 칼을 꺼낸다.

연선, 그 자리에 멈춰 선다.

연선　뭐하는 거야?

진희　너가 하고 있는 생각.

진희, 칼을 조심스럽게 만지작거린다.

연선　오지 마. 소리 지를 거야. 사람들이 널 쳐다 볼 거야.

진희　죽고 싶다며?

연선　이런 데서는, 싫어.

진희　도와줄게?

연선　나 스스로 선택하고 싶은 거야. 죽음만큼은.

진희　까다롭네.

연선, 천천히 고개를 돌려 주위를 살핀다.

연선, 그 자리에 멈춘다.

연선, 앞으로 천천히 움직인다.

차 소리가 점점 가까이 온다.

연선　여기요! 저 여기 있어요!

차 소리가 점점 가까워진다.

진희, 연선의 목에 칼을 댄다.

진희　쉿.

진희, 겁에 질린 얼굴을 하고 있는 연선을 데리고 의자 뒤로 숨는다.
차 소리 가까워지다가 점점 멀어진다.

갔어.

연선, 진희를 노려본다.
진희, 연선에게 겨누었던 칼을 주머니에 넣는다.

장난이야 장난.

사이.

또 분위기 이상하게 흘러가게 만드네, 친구잖아, 친구. 친구끼리 장난도 칠 수 있고 그러는 거지.

연선　민증 보고 싶다고 했지?

진희　보여주려고?

연선　그래, 가까이 와. 멀면 안 보일 수도 있으니까.

진희　어떻게 생겼는지 정말 궁금하다.

연선　자, 봐. 어떻게 생겼냐면.

연선, 진희 주머니에서 칼을 꺼낸다.

연선, 진희의 목에다 칼을 댄다.

연선　　좋아. 일어나.

연선, 진희를 일으킨다.

너 뭐야.

진희　　내 이름은 진희야.

연선　　그래, 진희야. 이 칼로 뭐하려고 했어?

진희　　손 너무 떠는 거 아냐? 목에 상처 나겠어.

연선　　정신병 있는 거 아냐?

진희　　병은 없는데.

연선　　나에 대해서 많이 안다고 해서 넌 내가 될 수 없어.

연선, 진희를 일으켜 세운다.

연선　　네가 가지고 있는 거 다 꺼내. 하나도 남김없이 다 의자 위에 올려놔.

진희　　옷도 벗어? 좀 추운데.

진희, 연선이 하라는 대로 한다.

연선, 진희가 끌고 왔던 캐리어 가방을 본다.

연선	저거 열어.
진희	정말?
연선	빨리 안 열어?
진희	후회 안 할 자신 있어?
연선	내가 열 거야.
진희	그래. 대신 다시 닫아 놔야한다.

연선, 진희의 가방을 연다.

연선, 천천히 가방에서 사진들하고 속옷들을 꺼낸다.

연선, 뒷걸음질 친다.

연선, 칼을 떨어뜨린다.

연선, 의자 뒤쪽에다 구역질을 하기 시작한다.

진희, 칼을 손에 쥔다.

연선	이 사진들 전부.
진희	응, 너야.
연선	나? 이 사진들이 전부?

연선, 다시 그 사진들을 떨리는 손으로 보기 시작한다.

진희	아까 그랬지? '나에 대해서 많이 안다고 해서 넌 내가 될 수 없어' 라고.
연선	대체 언제 찍은 사진들이야, 이게 뭐야. 대체 뭐냐고.

진희   잘 봐봐.

진희, 슬쩍 머리를 넘긴다.

진희, 귀에서부터 목까지 상처가 나있다.

연선, 깜짝 놀라며 사진을 떨어뜨린다.

연선, 자기의 목에 난 상처자국을 손가락으로 만진다.

연선과 진희는 같은 곳에 상처가 나있다.

진희, 연선을 바라보며 말한다.

연선   어떻게, 이게 있다는 걸.

진희   어릴 적에 교통사고가 있었어요. 네, 안타깝게도 부모님은 그 자리에서 돌아가셨죠. 저는 그날부터 고속도로가 무서웠어요. 특히 밤의 고속도로는 저에게 악몽 같죠. 그래서인지 운전면허도 따질 못하겠는 거예요.

연선   너 어떻게 알았어? 내가 이 상처 있는 걸 어떻게!

진희   괜찮아요, 당신처럼 좋은 사람과 같이 침대 위에 누워있는 것만으로도 저에게는 행복이니까요.

진희, 연선에게 가까이 다가간다.

진희, 연선에게 키스하는 척을 한다.

연선, 진희를 밀친다.

연선   내 방에 있었어?

진희 창문, 잘 때는 안 잠그고 자더라.

진희, 연선의 입술을 손가락으로 만진다.

잘 때 입 벌리고 자면, 감기 걸려.

연선, 짐을 강박적으로 싸기 시작한다.
진희, 멍하니 연선을 바라본다.
진희, 칼을 만지작거린다.

자, 그럼 정리해볼까?

차 소리가 서서히 들리기 시작한다.
진희, 천천히 연선 뒤로 다가간다.

연선 버스가 오고 있어.
진희 너는 가족도 없고.
연선 내가 원하는 곳에서 죽을 수 있어!
진희 친구도 없고.
연선 난 이제 자유로워질 수 있어!
진희 네가 세상에서 없어지다고 해도 알 사람이 없는 거네?

덜컹거리는 차 소리가 점점 크게 들린다.

연선, 트렁크를 들고 자리에 우뚝 선다.

연선　　가야만해. 난 이제 해방이야!

진희, 칼을 연선 머리 위로 들어올린다.

진희　　잘 가, 진희야.

헤드라이트가 세게 무대 위를 비춘다.
비명 소리가 들린다.

암전.

한국 희곡 명작선 104

연선

초판 1쇄 인쇄일   2022년 11월 1일
초판 1쇄 발행일   2022년 11월 7일

지 은 이   김태현
만 든 이   이정옥
만 든 곳   평민사
           서울시 은평구 수색로 340 〈202호〉
           전화 : 02) 375-8571 / 팩스 : 02) 375-8573
           http://blog.naver.com/pyung1976
           이메일 pyung1976@naver.com
등록번호   25100-2015-000102호
ISBN   978-89-7115-044-3   04800
           978-89-7115-663-6   (set)
정   가   7,000원

이 책은 사단법인 한국극작가협회가 한국문화예술위원회의 2022년 제5회 극작엑스포
지원금을 받아 출간하였습니다.